亲爱的鼠迷朋友，
欢迎来到老鼠世界！

Geronimo Stilton

Geronimo Stilton names, characters and related indicia are copyright, trademark and exclusive license of Atlantyca S.p.A. All Rights Reserved.The moral right of the author has been asserted.
Text by Geronimo Stilton
Art Director: Iacopo Bruno
Cover: Roberto Ronchi (design) and Alessandro Muscillo (color)
Graphic Designer: Laura Dal Maso / theWorldofDOT, adapted by 21st Century Publishing Group
Illustrations of initial and end auxiliary pages: Roberto Ronchi (design) and Ennio Bufi MAD5 (design pag. 123), Studio Parlapà and Andrea Cavallini (color) | Map: Andrea Da Rold (design) and Andrea Cavallini (color)
Story illustrations: Matteo Lupatelli (idea), Michele Dell'Orso and Chiara Sacchi (realization)
Graphic: Merenguita Gingermouse, Angela Simone, Chiara Sacchi and Benedetta Galante
© 2000, 2015 by Edizioni Piemme S.p.A., Palazzo Mondadori, Via Mondadori, 1－20090 Segrate, Italy.
© 2016 for this Work in Simplified Chinese language, 21st Century Publishing Group
International Rights © Atlantyca S.p.A., via Leopardi 8－20123 Milano, Italy－foreignrights@atlantyca.it－www.atlantyca.com
Original title: IL MISTERO DELL'OCCHIO DI SMERALDO
Based on an original idea by Elisabetta Dami
www.geronimostilton.com
Stilton is the name of a famous English cheese. It is a registered trademark of the Stilton Cheese Makers' Association. For more information go to www.stiltoncheese.com
No part of this book may be stored, reproduced or transmitted in any form or by any means, electronic or mechanical, including photocopying, recording, or by any information storage and retrieval system, without written permission from the copyright holder. For information address Atlantyca S.p.A.

版权合同登记号 14-2009-026

绿宝石眼之谜/(意)杰罗尼摩·斯蒂顿著；严吴婵霞，黄淑珊译.
--南昌：二十一世纪出版社集团,2016.9
(老鼠记者.第二辑；14)
ISBN 978-7-5568-2128-0

Ⅰ.①绿… Ⅱ.①杰…②严…③黄… Ⅲ.①儿童文学-中篇小说-意大利-现代 Ⅳ.①I546.84
中国版本图书馆 CIP 数据核字(2016)第 175022 号

绿宝石眼之谜 [意]杰罗尼摩·斯蒂顿 著　严吴婵霞　黄淑珊　译

出 版 人 总 策 划	张秋林	开 本	820mm×1250mm 1/32
		印 张	4
责任编辑	闵　蓉	版 次	2016年9月第1版
出版发行	二十一世纪出版社集团	印 次	2016年9月第1次印刷
	(江西省南昌市子安路75号 330025)	印 数	1-50,000 册
	www.21cccc.com　cc21@163.net	书 号	ISBN 978-7-5568-2128-0
承　　印	江西华奥印务有限责任公司	定 价	16.00 元

赣版权登字 -04-2016-499
版权所有·侵权必究
(凡购本社图书，如有缺页、倒页、脱页，由本社发行公司负责退换，服务热线：0791-86512056)

绿宝石眼之谜

[意]杰罗尼摩·斯蒂顿/著

Geronimo Stilton

严吴婵霞 黄淑珊/译

二十一世纪出版社集团
21st Century Publishing Group

目录

又迟到了！ / 9

菲的秘密 / 13

跛脚跳蚤杂货店 / 22

带我一起去！ / 29

还差什么？ / 32

海上的第一个黎明 / 39

最新鲜的蛤蜊 / 43

船上的疑团 / 50

杰罗尼摩落水啦！ / 55

真正的水手万事通 / 59

神奇的百宝箱 / 65

再见，睡衣！ / 70

啊！陆地 / 75

翠绿如宝石 / 76

分工明确！ / 80

我的日记 / 83

绿宝石眼 / 85

一块骷髅 / 89

两块骷髅 / 93

三块骷髅 / 97

可怜的赖皮 / 101

意外的收获 / 104

咔嚓！咔嚓！ / 108

回家啦 / 111

好主意 / 116

真正的宝藏 / 118

你好，啫喱 / 120

又迟到了！

"以一千块莫泽雷勒奶酪*的名义发誓！现在都九点啦！"我一骨碌滚下床穿好衣服，不要问我是怎么做到的！"烦死了！我讨厌星期一早晨……"我一边尖叫一边用奶酪味牙膏刷牙。我一步三级超快速地冲下楼梯，却不小心被自己的尾巴绊倒了，一直滚到门口。

*莫泽雷勒(Mozzarella)奶酪：一种意大利淡味奶酪，常用于烹饪中。

又迟到了!

"出租车!"我呼喊着,像猫一样灵活地跳进车里。

"约克郡布丁街十三号!"

老鼠岛的首都妙鼠城似乎也不情愿起床,就像我一样。街上到处是运送奶品的货车,把当天刚刚制成的奶酪送往各家各户。同时,各种各样的老鼠骑着摩托车、自行车和踏板车在街上**纵横穿插**。

"吱吱,我来啦!"

我跳下出租车,跑上二楼我的编辑部办公室。呀,对了,差点忘了告诉你,我经营着一份超级畅销的报纸——《**鼠民公报**》……我叫**斯蒂顿,杰罗尼摩·斯蒂顿**。我上气不接下气地进

早上妙鼠城的街道。

又迟到了！

了办公室，把帽子扔到衣架上。我的秘书鼠莎拉气喘吁吁地向我跑来，戴着眼镜的她看起来非常**焦急**。

"斯蒂顿先生，**您终于出现了！**很多老鼠等着您呢！有画家、印刷商、摄影师、编辑，不过现在的**当务之急**，是我们先要打电话给银行。另外趁您还在，请在这张发票上签名，这是营业部的发票。顺便提一句，嗯，**老板**，不要忘记您答应过给我加薪啊！"

这一刻，我沮丧极了，连**猫**也不至于要承受这样大的压力吧！CAT

讨厌星期一……

菲的秘密

中午时分,我妹妹菲骑着摩托车闯进我的办公室,她是《鼠民公报》的特约记者。

"我来接你出去吃午餐。我已经在一个令老鼠愉快的鼠屋餐厅定好了位子!我要告诉你一件非常重要的事情,一个秘密!"她小声说。

二十分钟后,我下了摩托车,感到头头头头晕晕晕晕。

"你骑得这么快,害得我心惊肉跳!"我吱吱大叫,并试图把吹乱了的胡子整理好,"为什么?为什么?为什么你要骑这么快!太危险了!我跟你说过多少遍了?我已经跟你说过一千遍了吧!"

1000

菲的秘密

"行了,行了……你别像一只胆小的老母猫那样行吗?"我们进入餐馆的时候,菲嘲笑着说。

菲边走边左右转身向她的朋友问好:"嗨,鼠斯!哎哟,克利鼠宾!呀,这不是亲爱的鼠达比加嘛!"终于,我们坐下来了。

"你要告诉我什么呢?"我不耐烦地问。"等一下,我要先点菜……要两份意大利面疙

瘩！！！"她叫着,"配葛更佐拉奶酪*和**辣椒**,要加许多许多的**辣椒**——"

"辣椒?你知道我的胃**受不了**的!"我试图表示抗议。"放心,这对你有好处,它会让你精神振奋！况且不久后,你将不得不吃各种各样的食物,因为,在**我们的旅程中**……"她对我小声说,并使了个眼色。

"旅程？什么旅程？你要去旅行吗？"

"嘘—嘘—嘘！你想让这里所有老鼠都知道吗？"她边说,边使劲儿掐我的尾巴,强迫我安静下来。

"好吧,好吧,这到底是怎么回事？"我再次问道。

"等等,那个服务生很可疑,他一直转来转去,说不定是在监视我们。"菲打断我的话。

---

* 葛更佐拉(Goronzola)奶酪:以意大利米兰市郊的葛更佐拉村命名的上等奶酪,用白奶酪或羊奶制成的。

"什么？谁要来监视我们？……说下去，到底是什么事情？"

"你可知道……"她越来越神秘了。

"够了！"我大叫一声，"快点告诉我，否则我要急疯了！快点！"

"好吧，这真是一个令鼠**难以置信**的故事。你能保密吗？"

"咕咕……"我已经急得只能发出这种声音。

菲压低声音说："我发现了一张小岛的地图，上边标有珍宝**绿宝石眼**埋藏的具体地点！"

"一个岛？"我差点儿被一小勺食物噎住，"地图？绿宝石眼？你在捉弄我，是不是？"

菲扬了扬右边的眉毛说："不！我们都有

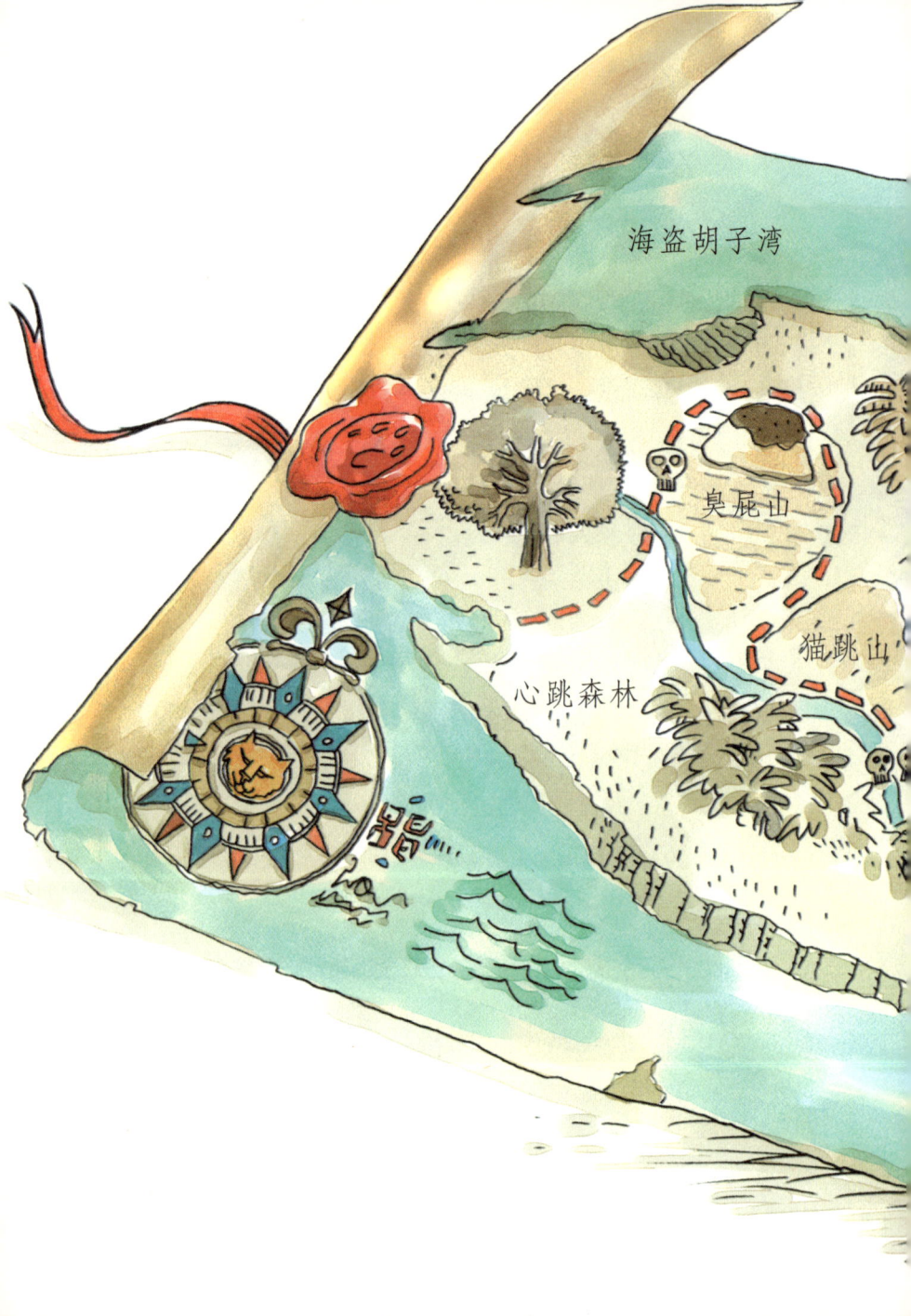

菲的秘密

点儿兴奋,是不是?"接着,她从桌子下面拿出一卷发黄的羊皮纸,然后神色凝重地把它展开,"我在二手市场发现了这张地图,它被夹在一本旧航海手册里。啫喱*!你一定要跟我去,这可是一生中难得的机会呀!"她吱吱地说着,鼠须兴奋得上下抖动。

"首先,不要叫我啫喱。我叫杰罗尼摩!"我喊道,"其次,我正准备出版第三十二卷《著名老鼠的传记》。最后,也是最重要的,就是我对你所说的故事一个字都不相信!什么绿宝石眼,简直荒谬!"

菲睁大那双她觉得能令所有老鼠着迷的紫色眼睛,妩媚地凝视着我:"不要这样……跟我去吧。你是我的大哥呀,你不忍心让我独自去吧,啫喱仔!"她吱吱叫着。

*啫喱:杰罗尼摩的昵称。

菲的 秘密

"我的名字是杰罗尼摩。"我无奈地说。那天晚上,我一杯接一杯,总共喝了十杯甘菊茶,可是怎么也睡不着!

跛脚跳蚤杂货店

第二天,菲把我拉到港口。

"好了,啫喱哥哥,答应我,你会和我一起去,你绝不会让我独自出海,是吧?"菲一个劲儿地央求我。

"不要叫我啫喱哥哥,我的名字是杰罗尼摩!"我大声回应她说。

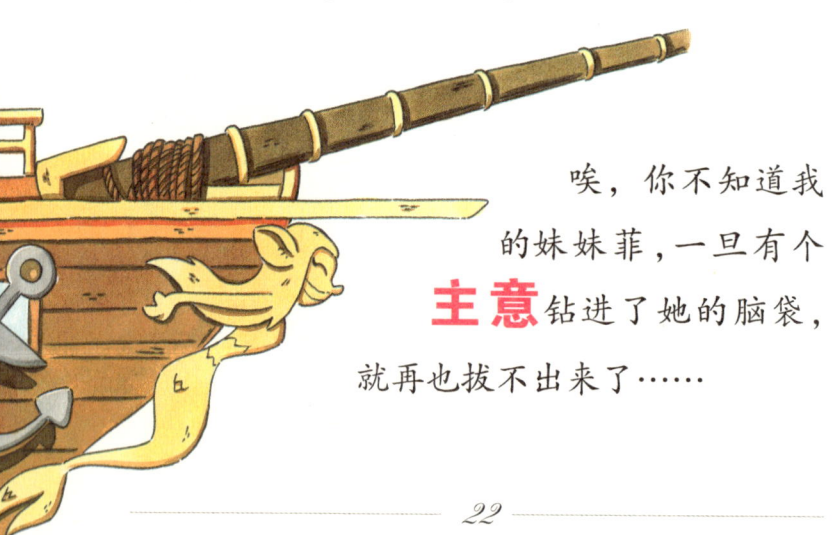

唉,你不知道我的妹妹菲,一旦有个**主意**钻进了她的脑袋,就再也拔不出来了……

跛脚跳蚤 杂货店

"答应我,答应和我一起去,我求求你了,大哥!"

唉,没办法,我只好答应她……众鼠皆知,老鼠的承诺总是神圣的。

"**快看**!"菲突然手舞足蹈起来。

菲指给我看一艘原属于一位退休水手的船。那是一艘高级双桅船,线条优美,船帆的颜色像发酵好了的软奶酪。船的名字预示着好兆头:幸运女神。

菲眨了一下眼睛,对我说:"只有我们两个水手是控制不了这艘船的。你想知道还有谁和我们一起去吗?是赖皮!他说他是位非常专业的航海家!"

跛脚跳蚤 杂货店

在我的记忆中,我的表弟赖皮是出了名的顽劣,我对他的印象很糟糕。他从小就是个捣蛋鬼。

"当他还是个小老鼠,比一条奶酪虫还小的时候,他就常常踩我的尾巴。"我生气地说,并提醒菲,"你还记得吗?他曾经用不褪色的紫墨水染我的胡子……"

可是菲坚持要去找他。我们来到赖皮经营的旧货商店——跛脚跳蚤杂货店。商店的橱窗上铺满了灰尘,里面摆放着各种奇怪的商品:一个稻草编成的驱猫护身符,一套银制胡须夹、旧玩具和古老的木偶。还有一张发黄的老照片,照片上几个绷着脸的老鼠死死盯着我们。

我们走进杂货店。门打开时,挂在天花板上的一串铜铃叮当作响。店里,一个手爪短

跛脚跳蚤 杂货店

小、右耳上插着一支铅笔的 \胖/ 老鼠舒适地坐在一张有着软垫扶手的躺椅上。他就是赖皮。赖皮突然敏捷地 跳 到我们的身旁,把我们吓了一大跳。

"嘿!好久没见了!"他边喊边用手爪挤捏着我的手爪,"你们总是黏在一起吗?不是吧!是什么风把你们吹来了?来买什么东西?我可告诉你们,没有折扣优惠啊,对亲戚也一样!而且只能付现金!"他对着我们的耳朵大喊。

"我们找个安静的地方再谈吧。"菲说。

跛脚跳蚤 杂货店

于是,赖皮带我们走进一个放满**各式各样**图书的藏书室,这些皮革装订的旧书已经褪色,正在书架上窥视我们。室内弥漫着一股发霉的味道,好像几万年没有开过窗似的。突然,我们听见一阵极其恐怖的猫叫声。

菲和我吓得跳了起来。

"**哪里**?猫在**哪里**?"我和菲异口同声地喊。

跛脚跳蚤杂货店

赖皮捂着肚子，狂笑起来："哈哈！哈哈！哈！哈哈！那不是猫，是猫叫的录音！只要一有老鼠经过走廊，录音就会自动响起来，它是用自动光学电池控制的，绝妙吧？"

"真是个非常聪明的设计，非常有趣，赖皮！"菲**恼怒地**叫着，眼睛还在不停地转。

"是呀，它不但能吓跑小偷……还能赶走多管闲事的家伙！"赖皮嬉笑着，"呜——啦——啦……我要申请专利权！"他灵机一动，"这样我就能从中发大财……"他自言自语道，眼里闪着光芒。过了好长时间，他才把注意力转回到我们身上。

"好了，我的鼠辈亲戚，你们有什么事？我可没有时间招待

27

跛脚跳蚤 杂货店

你们,我是个**非常**忙的老鼠!"他抚摸着**胡子**煞有介事地说。

听完我们的计划,赖皮半眯着眼睛瞧着我们(我敢肯定他对这个计划很感兴趣),自以为了不起地说:"我是看在大家亲戚一场的分上,才帮助你们……好吧,OK,我加入!但是找到宝藏后,谁要来碰我的那份,可别怪我不客气!"

我们举杯预祝这次探险成功,并把尾巴缠在一起大叫:"为了我们的旅程,干杯!"

鼠鼠相惜,
肝胆相照!

带我一起去！

在回家的路上，我顺便去看了看本杰明。他比同龄老鼠**矮些**，却 **胖** 得可爱，长着一对小小的。本杰明是我最喜爱的侄儿。

"叔叔，给我讲个童话故事吧！"他一看见我就冲我喊。我一屁股坐到书房里那张软乎乎的沙发上（像往常一样）。在他很小的时候，常常没等我把故事讲完，就已经睡着了。所以我就把我写的《**胡子故事**》送给

带我 ♥ 一起去！

他："给小本，至少这次，你能知道童话故事的结局了！"

现在小本已经八岁了，不，他已经九岁了。

"你要去旅行吗，叔叔？带我一起去吧！求求你，求你带我一起去吧！我可以当你的助手，帮你拿记事本，帮你削铅笔！"他央求说。

"小本，"我说，"等你再长大些，我会带你去的。但这次不行，太危险了！"

我把右手放在**胸**前，左手拉起**胡子**。这个敬礼是我们老鼠在庄严的场合才用的，叫作"常在我心"，表示两颗相爱的老鼠的心常常连结在一起！

带我  一起去!

"常在我心",表示两颗相爱的老鼠的心常常连结在一起!

还差什么？

15磅发酵好的切达奶酪

60盒胡椒奶油奶酪

50磅烧烤巴马奶酪

8支浓缩格鲁耶尔奶酪

我扯着嗓子把清单上的食品逐项高声喊出来。真是一团糟！

"赖皮，把水壶灌满点。停！你到底在做什么？老天，我以大野猫的骨头发誓……那是燃油箱！"

"菲，快去航海商店把我已经

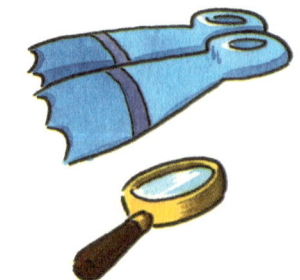

还差  什么?

选好的指南针买来。你去找店主**拉鲁**,他是我的朋友,一定会给你打折的。你一眼就能认出他,他是一个又**高**又**瘦**的灰老鼠,耳朵上的毛很少,尾巴上的毛却很多!"

这时,我注意到赖皮正在跟我们旁边船上的水手说话:"对呀,亲爱的朋友,我们就要出发啦……我不能多讲……总之我们回来的时候你们就会**发现**……我们要去寻找一样东西,但现在不能告诉你……它的英文字母开始是 T,结尾是 E……它在一个岛上……是呀,它就在一个岛上……"

还差什么？

我猛烈地摇着赖皮的尾巴，小声斥责他说："你准备说出宝藏的事吗？你是不是想毁掉整个计划？"赖皮露出无辜的表情说："谁？我吗？我提到宝藏了吗？以 T 开头和以 E 结尾的英文单词有很多，你是知道的。比如桌子 table、寺庙 temple、帐篷 tepee……"

"行了……"我气得"砰"地一下把头撞到了船边上。

下午六点钟，我们已经把货物装好。我飞快地冲向冒险老鼠专卖店，这是全城最好的旅行用品商店。我一阵风似的冲进店内。

"快点，我需要所有海上长途旅行的必备用品……"我大声对店主说，"我们没有时间了，快点！"

"是斯蒂顿先生呀，绝——对——乐意

还差什么？

为您效劳！"他尖叫着说。

然后他向我推荐了一些**航海**必需品。例如：斑猫图案的游泳裤（我认为这图案太过大胆了）、耳套和尾巴套（预防严寒）、一个防晒钢头盔（里面装有一个小型降温扇）、装有五十件配件的瑞士军刀（包括一个指南针、一根牙签、一个耳勺，甚至还有一个整理胡子的小梳子）、一个防水计时器（我可以拿着它潜到 300 米深的水下，但我可不想这么干）。

"我还需要一个行李箱，"我对店主说，"最好是个大皮箱！对，大皮箱！"

"我觉得您真是

还差什么？

个行家！"他**眼睛**发亮，小声对我说，"跟我来！我给您看一样相当**特别**的东西！"

他带我来到店铺的后面，然后从口袋里掏出一把钥匙，打开一扇小门，从里面传出了淡淡的**皮革味**。他像一个魔术师似的，掀起一块丝布，露出了一个有一个老鼠那么**高**的大皮箱。箱子是**浅黄色**的，四边钉着闪闪发亮的铜扣，这使它更牢固。箱子有两条老鼠尾巴那么**宽**，至少三条老鼠尾巴那么**长**。一条芥末黄的皮带把它牢牢地捆着，保证完全经得起猫的考验。

"怎么样？还满意吗？"店主问。

我**小心地**打开箱子。里面挂着几个衣架，还有一个帽盒，衬里全部用的是**奶酪**色的丝绸。当然还少不了配有彩瓷塞子的水晶

还差  什么?

香水瓶,还有亮闪闪的猫牙梳子、刷子和银柄镜子。

箱子里另外有一个用**玫瑰**色木头做的旅行**案头**,它有各式各样的小格子,可以放钢笔、铅笔、纸张,还有一些隐蔽的袖珍抽屉……

"这个箱子我要了!"我**吱吱**地说。

"我就知道您会喜欢它的,**斯蒂顿先生**!它是一个漫长、惊险和浪漫的航海旅途里,必不可少的皮箱。

您真是一个幸运的老鼠!"店主充满憧憬地对我小声说。我开始享受这一切了!

小声 小声 小声
小声 小声 小声

海上的第一个黎明

啊,**新鲜的海风**迎面吹来……

啊,混合着淡淡的海草味和咸味……

我牢牢地站在**舵轮**前,紧紧地握着舵柄,沉浸在出海的兴奋中。现在是黎明,太阳隐约从海平面上露出来,泛出莫泽雷勒奶酪般的白色。海面平滑得像一锅满满的油,海浪轻吻着**幸运女神**号的船头,然后羞涩地跑开,**一浪接一浪**……

潮湿的海风弄湿了我的胡子。我们才刚刚出发,我就感觉自己像一个熟练的水手了!我穿着一件在雾中也能够辨认出来的鲜黄色防水外套,一条高腰裤子,戴着一顶防水帽。我喜欢黄色,它

海上的  第一个黎明

使我**兴奋**。你看,黄色是我们老鼠的幸运色,是**奶酪**的颜色!

海风用它淘气的手指慢慢地巧妙地扩展**它的领土**,它钻入我的衣领、裤腿……幸好我在里面套了件**毛衣**,这点寒冷我还抵御得住。我想起了本杰明,我真想他呀!没有想到,一个小小的老鼠竟能令我的心像缺少了一大块东西似的!

我的思绪被赖皮打断了,他正在打着**哈欠**。天哪,他什么时候爬到帆桁上了?

"**嗨**,表哥,你好。"他手里晃着一包薯片向我打招呼。

"你不想尝尝吗？**真的不想**吗？"他用塞满薯片的嘴问道，然后戴上太阳镜。

"小心，别把油腻的东西掉到甲板上！"我尖叫道。

"啊，你真啰唆！"他嘀咕着，故意把他那油乎乎的手爪放在绳索上。我装作没看见，以免跟他吵架。

"好了，别在那儿嬉皮笑脸了，快把航海图拿来。我要确认一下我们是否向着宝藏岛航行。"

"**好的，好的**，表哥！"赖皮从帆桁上爬下来，边尖叫边摇动着绳索。

"我叫道。

"怎么了?"

"你几乎撞在我的眼镜上。"我低声说,脊背掠过一阵**寒意**。

"没有眼镜,我连莫泽雷勒奶酪和**软奶酪**都分不清……"

为什么?**为什么**?唉,**为什么**我们要带他来?

最新鲜的蛤蜊

傍晚，**朱红色**的太阳 潜入 海平面，像一颗**樱桃**糖果在红莓糖浆的海上倒映着。天空中，毛茸茸的白云像打成泡沫的奶油，轻飘飘地飞舞着。

"多么*浪漫*呀！"我感叹着……

突然间，"讨厌的秃头猫！该死！该死！该死的破烂炉子！"这是我表弟的声音。

我和菲飞快地跑了过去，"怎么了？**发生**

最新鲜的蛤蜊

什么事了？"

赖皮跛着一只脚到处跳。"我真想知道谁发明这种像**踢踏舞演员**那样**上下**跳动的炉子！我煮蛤蜊汁时烫到了脚爪！"我的表弟边尖叫着，边**小心翼翼**地抚摸他的趾头。

"好吧，既然你们来了，你们就帮忙摆**桌子**吧。你们在享受**新鲜**空气时，我却要在这里工作，难道所有工作都要我做吗？"他仍旧**呻吟**着，跌坐在沙发里，眯缝着眼小心地检查他烫伤的脚爪。菲把蛤蜊汁拌进意大利面条里时，我仔细闻了闻蛤蜊汁。

"现在我明白了，为什么中世纪的老鼠把**滚烫**的油从城墙上倒向敌鼠了！"我表弟抱怨说。

"噢，赖皮？我不知道你也很有文化！"我一

边说一边把面条装满碟子。

"什么文化?我是从电视上的卡通片里学来的。你能在电视上知道任何事情,这你是知道的。"他自我嘲弄。

"对,当然……"我心不在焉地回答。我又闻了闻这蛤蜊汁。

"你肯定这些蛤蜊是新鲜的吗?"

"新鲜?什么意思?新鲜的!它们当然是新鲜的!老鼠说话是讲信誉的!"

赖皮装模作样地把两个小爪子互勾起来,这个手势在我们老鼠之间是发假誓的意思。

"你为什么这样问?"菲说。

"嗯,它闻起来有点异味……有点像……"

"像什么?"赖皮用不满的口气问。

"像沟渠里的污水!"我有些颤抖地

最新鲜的蛤蜊

说道。

"我说的话难道你一个字都没听到吗?还是你的耳朵塞满了奶酪?"他喊着,"我告诉过你,它们是最新鲜的!你的话太让我伤心了,你不想吃就算了!"

"我要去检查一下航线,该我值班了!"菲吱吱地说,她拿起一个小圆面包就走了。她的声音随风消失,代之而来的是驾驶舱内快活的口哨声。我犹豫了一会儿,接着慢吞吞地吃了起来。

"我不想吃蛤蜊了,我没胃口。"赖皮说完,

最新鲜的蛤蜊

慢慢嚼起面包和奶酪来。

凌晨两点,我被肚子痛弄醒了!我的胃就像被猫爪抓过似的。我冲进浴室,匆忙间忘了戴眼镜,以致被浴室门口的垫子绊倒,我的鼻子重重地撞在药箱上。顾不得疼痛,我又飞奔到马桶那儿,一屁股坐在上面,裤子垂到了地上。

我坐在那儿,摩挲着鼻子。我突然怀疑起来,难道是那些蛤蜊把我害成这个样子?

就在这时,浴室的门开了,睡眼惺忪的赖皮向里面窥视,他捂着鼻子,一脸厌恶的样子:"你在干什么?这是生化战争吗?你想让我们都窒息而死吗?"

菲也被吵醒了,跑过来看我们。

"说实话,赖皮,你从哪儿买来的这些蛤

最新鲜的蛤蜊

蜊?"我妹妹问。

我表弟这回沉默了,用他没烧伤的脚爪蹭着地毯,尴尬地说:"在鱼市……嗯,**冰冻食品中心**!"他终于内疚地承认了。

"**冰冻食品中心**?你今天不是告诉我是**新鲜**的吗?"我气得跳起来说。

"它们当然是**新鲜**的!比**新鲜**的还要**新鲜**!只是曾经一段时间是。"我表弟镇静地回答,又恢复了扬扬自得的神情。

"那个,嗯,特价嘛。上个月卖蛤蜊给我的老鼠说要当天吃,否则会坏的……可是我当然没有当真啦。你们也知道嘛,那些鱼贩都习惯夸大其词……"赖皮尖叫道。

"我的天!你哪里是旧货鼠商!你简直是专业投毒犯!"我大叫。

最新鲜的蛤蜊

我想上前教训他，却被一卷卫生纸绊倒了。

为什么？**为什么**？唉，**为什么**我们要带他来呢？

船上的疑团

航行的第八个清晨,我们已经快到宝藏岛了,**风向和水流都有利航行**。值完班后,我来到厨房,那是储存我们所有粮食的地方。地板上怎么有点面包屑呢?嗯……奇怪,真是很奇怪。

我沿着面包屑的痕迹寻找,来到了一个装满**苹果**的木桶前。

我觉得有些可疑,便掀起木桶的盖子,

船上的  疑团

呜——啦——啦,五个苹果核!而且像是**刚刚啃完**的,难道我们的船上藏有偷渡鼠吗?

我决定先不把

这件事告诉我的同伴们,因为现在还不是时候……

如果我判断错误,他们就会在接下来的旅程中嘲笑我!

晚上,等到他们入睡后,我在厨房的门口撒了些爽身粉,然后在门把手上拴了一根小绳。

第二天一早,我再去检查……果真如我所

船上的 疑团

料:绳子已经断了,证明有老鼠从食品柜里拿东西吃!我还注意到爽身粉上的脚爪印。真奇怪呀! 爪印很小,难道是个侏儒鼠留下的?

我决定要在这个小老鼠吃光我们所有粮食之前抓住他,并且要鼠赃俱获。

当天晚上,我把我的棒球棍放在手爪边,这是我的老朋友**职业棒球**员**大手爪**送给我的礼物。如果真的有不速之客,我准备用来对付他。

船上的疑团

凌晨一点,我终于听见船舱传来叽叽嘎嘎的声音。

我戴上了眼镜,如果没有它,我可能会把猫看成老鼠。我右爪紧握手电筒,左爪举着球棒。

手电筒

这个狡猾的家伙已经**打开**冰箱了,我蹑爪蹑脚地向他走去……

我猛地打开了手电筒,却看见……本杰明正津津有味地啃着一块姜汁饼干!

"哈啰!叔叔!"他一边喊着,一边冲过来蹭

船上的 疑团

到我身上,紧紧搂住我的脖子,在我的鼻尖上印下一个甜蜜的吻,"我来陪你,你是不是很高兴?"

"可是……为什么……可是怎么回事……什么时候……我的意思是你在这里做什么呢?"我结结巴巴地问。

"我可以帮上忙的,你等着瞧吧!我不但会打扫船舱,而且还会帮你叠衣服。我很会叠衣服的,你不知道吗?况且我还可以当你的秘书,等你回到老鼠岛后,就能写一本非常棒的书了!"

事到如今,我唯一能做的事,就是紧紧地把本杰明抱在怀里。

"我最疼爱你,本杰明,我多么高兴能在这里看到你!"可是怎么回事……

可是……

为什么…… 什么时候……

杰罗尼摩落水啦！

晚上十一点,我在驾驶舱里掌舵。

"啫喱,一切正常吗?"菲把头伸进驾驶舱问。

"如果你不叫我啫喱,可能会更好!"我不悦地抗议。

天气变冷了。

莫非要变天了?

我抬头看看天上的云。这时,船突然倾斜了一下,桅杆重重地打在我的后背上,把我一下子打出了船舷,掉到了水里!

我还没来得及叫喊……船已经离我好远

杰罗尼摩  落水啦！

了，而我却在海浪中挣扎。

"杰罗尼摩落水啦！"立即，船上的灯一下子全亮了，幸运女神号猛然转舵，开了回来。甲板上有一个大探照灯，灯光在海面上扫来扫去。

"吱吱！我在这儿！"

我就像无力的软木塞子，在海浪中一上一下浮沉着。

海水冰冷刺骨，冻得我牙齿像响鼓一样咯咯地响。

"那是他，他在那儿！"我听见有老鼠叫喊。

突然，我感到所有的光束向我涌来，他们找到我了！我得救了！**我得救了！**他们从船上扔下一根缆绳，可是我根本抓不到。后来我感觉一双强有力的手爪抓住我的耳朵,把我拉出了水面。那是赖皮!

"坚持住!表哥,紧紧抓住我的尾巴!"几秒钟之后,赖皮已经把我拉上幸运女神号。

"啊——噗——"我一下喷出一大口水,睁开眼睛,看到赖皮正在帮我排出体内的海水。

杰罗尼摩  落水啦！

"**他活着……他活着！**"赖皮尖叫着。我的耳朵都被冻紫了。菲紧握着我的手爪，眼中充满了激动的泪光。

"赖皮叔叔！你真是个英雄！"本杰明钦佩地说。

"赖皮，我们不知道该如何感谢你！"菲满怀感激地说。

赖皮的脸唰一下红了，"这没什么……没什么，小意思。对于我这样的老鼠来说，不值一提……就像平常的工作一样！不足挂齿！"说完，他就双爪倒背在身后，吹着口哨离开了船舱。

我这个表弟啊，嘴硬得像刀子，可心却软得像奶酪一样！

真正的水手万事通

航行中的第三十个早晨,我从睡梦中惊醒。"快起来,大哥!暴风雨来了!"菲大叫。

我仍充满着睡意,我昏昏沉沉地穿上防水衣,然后跟着菲来到甲板上。东边的天空已经被黑沉沉的云层挤满了。

"马上减速航行,菲,不,等等,把最小的帆拉起来,那是防暴风雪的帆,这样船就比较平稳了。"我说。或许航海根本不是一件简单的事。

"你最好去找赖皮,他是个真正的水手,他能应付……"菲气喘吁吁地说。

菲留下来掌舵,我赶紧去船舱找我的表

弟。海浪抛得越来越凶，船剧烈地颠簸着，一浪高过一浪。

我打开赖皮船舱的门。我的表弟正蜷缩在他的卧铺里，捂着耳朵睡觉。

"赖皮，幸运女神号遇险了！我们不知道怎么办！"我一边摇他，一边大喊。

"我……我……我也不知道！"他转了转眼睛，嘀咕着。

"航海的事你不是了如指掌吗？你不是当过水手吗？"

然而随着一阵猛烈的颠簸，赖皮猛地坐直身子，盯着我，对着我不经意放在他卧铺上的帽子，呕吐起来。

"停！"我尖叫着跳开，却不小心撞到了他的衣柜，一本书掉了出来。我仔细一看，书名是

真正的水手  万事通

《轻松学航海 800 课》。

一种不祥的预感向我袭来,我马上拿起书,飞快地翻着,书签夹在第 11 页:"第三课——舵是用来控制船的航线的"。

"你……你……你……"我气得说不出话来,"你这个卑劣的老鼠,简直是个下贱的沟渠老鼠。看你这张软奶酪脸!你等着,以后我再来收拾你!"我说完便回到外面的甲板上。

三层楼高的巨浪冲向甲板,每次大浪向船头袭来,船就会可怕地向下沉,再浮上来向不同的方向倾斜,使得我们不停地想呕吐。

"我们现在不得不自己救自己!"

我对菲喊。

她的脸像洗过的莫泽雷勒奶酪一样白,虽然我发现她的眼里闪过一丝惊慌,但她马上又坚强起来。

"没有赖皮,我们一样行!"

她坚定地说,然后耸了耸肩膀。好一个了不起的老鼠,我的好妹妹!真正的鼠中豪杰!海风更加猛烈了,震耳欲聋的呼啸声淹没了其他一切声音。风力至少有八级!

真正的水手　万事通

"我以大野猫的烂牙发誓！这哪是什么暴风雨，这简直就是龙卷风！"我紧张得直抓我的毛发。现在遭遇到暴风雨是多么不幸呀，再有两三天我们就能抵达宝藏岛了！

每次风势减弱一些，我就会听见我表弟因为晕船和呕吐发出可怕的呻吟声。我还是应该好好照顾下他！可能赖皮忘记告诉我们了，他从来没当过水手，只当过船上的厨师。

夜幕降临，情况更糟了。

我们根本不能在黑暗中分清方向，船更是疯狂地摆动着。

海水溅入我们的喉咙，我们呛得难受……

黎明到来时，我们看到的仍然是巨浪滚滚、黑气冲天的海面。突然，一场更大的灾难降临。一阵前

真正的水手  万事通

所未有的飓风袭卷过来，"噼啪"一声，船的一根金属横桅断了，桅杆倒了下来。

幸运女神号

大幅度倾斜，

海水汹涌地冲进来！

我们沉船了！

神奇的百宝箱

我又一次掉进冰冷的海水里。我在海浪中挣扎了很久，奋力浮出水面，吐出咸咸的海水。最后，我终于不再呛水了，但是突如其来的巨浪又把我淹没在海水里，这感觉就如同在洗衣机里被离心力猛绞一样难受！

突然，在两个浪峰之间，我发现一个灰白色毛茸茸的小东西……

"本杰明！！！"

我赶紧抓住他的尾巴。风像被施了魔法似的，慢慢平息了，"这讨厌的、该死……该死……该死的暴风雨！"

神奇的 百宝箱

  幸运女神号已经消失得无影无踪了,海面上也没有一样可以攀扶的东西。什么也没有,不过,我认出了一个熟悉的东西……我以狡猾的大野猫的胡子发誓!那是我的**大皮箱**!我用力把它抓过来,把本杰明安顿好。**安全啦**!**我们安全啦**!但是,菲和赖皮在哪里呢?我站在箱子上,在海面上不停地四处巡视。

  中午时分,我终于看见两个非常非常小的

神奇的 百宝箱

圆点在海浪中时隐时现。我的心激动地狂跳着,我的毛发甚至都竖直了。

"菲!赖皮!"我声嘶力竭地喊着。正是他们,没错!我用手爪拼命划过去。"快抓住我的尾巴!"我喊道。

"我真以为我要死了,表哥!"赖皮喘着气说,几乎晕倒在**大皮箱**上,他全身的皮毛都湿透了。

神奇的 百宝箱

"哥，能再见到你真好！"菲的尾巴缠着我的尾巴，高兴得快要哭了。我紧紧地抱着她，我听见她在小声抽泣，我也很激动。

赖皮也哭了，但不是因为重逢的喜悦，而是因为绝望。

"**绿宝石眼**……唉……我们现在再也找不到了，地图没有了！"

我看了一眼菲，她竟然咧嘴笑了。"地图吗？"她把一只手爪探进毛衣里，拿出一张揉皱了的羊皮纸。

太好了！ 太好了！
太好了！ 太好了！
太好了！ 太好了！ 太好了！ 太好了
太好了！ 太好了！

神奇的百宝箱

"**太好了！**"赖皮高兴得跳起舞，从悲伤过度一下子变得手舞足蹈起来。

就在这时，本杰明睁开了眼睛。

"你感觉怎么样，小老鼠？"我问他。

"叔叔！是你吗？杰罗尼摩叔叔？"他轻声地说。

"是的，我亲爱的小心肝，我就在你旁边！"我温柔地安慰他。

"现在一切都好了，亲爱的，你放心吧……"

再见,睡衣!

菲试着分析我们目前的处境。

"根据我的估算,我们现在离宝藏岛已经非常近了。"她说。这时,她指向天空一个小圆点说:"快看,**鹈鹕**!这就说明我们快到啦!"

赖皮高兴地尖叫了一声,我被吓得跳了起来。

"你不要动不动这样尖叫!你要做什么?"我生气地问。

"我有个好**主意!**"他对着我的耳朵大声说。然后他抓住**大皮箱**的手柄,试图把它打开。

"你究竟要干什么?你想把我们再次扔进

再见，　　　　睡衣！

大海吗？"我抗议说。赖皮却疯狂地在空中比划着一个三角形。

"你这个手势是什么意思？"我对他大喊，"你要做什么？"

赖皮非常兴奋，语不成句地说："睡衣……带子……蓝色条纹！"

最后，他终于从大皮箱里抽出了我那蓝色条纹的真丝睡衣……狠狠地把它撕成了两半！

"我是个天才！我是个真正的天才！哈哈，我常常被自己的聪明才智吓到！我们出发吧！我们可以用这块破布做一张帆！"

"破布？你竟然叫它破布？这是我的真丝睡衣！上面钉着银纽扣！而且还用上等的金线绣着我名字的缩写呢。"我尖叫着说。

再见，睡衣！

"哎，你总是这样……你怎么这么自私！你只关心你的睡衣，我们最应该关心的是我们大家的宝藏呀！杰罗尼摩登！你真使我惊讶！！"

"不要叫我杰罗尼摩登！我叫杰罗尼摩！杰罗尼摩！你记住了吗？"我愤怒地重复说。

唉，木已成舟，我也没办法了！我们现在能做的就是把我的"睡衣"固定在衣架上，扬帆起航。此时我们才发现我们都非常口渴。

"我的舌头像摩擦过的天鹅绒那样粗糙！"赖皮嘀咕着，"我为了吃冰激淋，可以不顾一切。你们还记得那间叫冰冷老鼠的冰激淋店吗？里面多凉快呀！在八月份，空调还是劲力十足的。店里有很多诱鼠的冰激淋……"

天气又热又闷，我们的心情也非常糟糕。没

再见，  睡衣！

想到,第二天早晨,空中发出一阵轰隆隆的雷声。我舔了舔鼻子,上面都是雨滴,而且是甜甜的。雨水淅淅沥沥洒落下来。我用舌头接着落下来的雨滴。啊,真幸福啊!我的伙伴们在雨中疯狂地跳舞。

可是不久,雨像它突然降临一样突然停止了。幸好,我们准备好的容器已经装满了雨水!我们相拥着,尾巴缠在一起,自豪地说:

鼠鼠相惜,肝胆相照!

赖皮第一个上了岸。

啊！陆地

我们在大皮箱上漂流了漫长的七天，在第八个日出前微微的光线里，我隐约看到……

我目不转睛地看着宝藏岛从波浪中浮现出来，越来越近，越来越绿。大海宛如一张绿宝石颜色的透明地毯，在我们脚下荡漾。

赖皮第一个上了岸。岛上的沙粒又白又细，踩在脚下像炸薯片一样噼啪噼啪作响。我的表弟"噗"的一声趴在沙滩上，亲吻着大地，然后他转向我们，脸上全是沙。

"小老鼠们，谁也别想让我离开这里……"

我们是陆地鼠，而不是海鼠啦！

翠绿如宝石

深绿色的海水，鲜绿色的植物！我们由衷地感到是大自然拿着魔法的彩笔，用上千种美丽的色彩，精心绘成了这个小岛：有嫩绿色的叶芽和青绿色的蕉叶，还有那深绿色的棕榈树。我们在沙滩上踩着枯树行走，开始探索这个岛。

我们艰难地在浓密的植物中摸索，从矮树丛和藤蔓植物间踏出一条小路，踩在沾满亮晶晶雨滴的叶子上，爬上缠满藤蔓植物的大树，在覆满苔藓的巨大岩石上迂回前进。

我们徘徊了大约十分钟，突然听见不远处传来一种声音。这声音听起来好像是……好像是……一个 大瀑布 从高耸的峭壁上倾泻而下，冲进像水晶那么透明的潭水里。瀑布的对面矗立着一棵参天大树，它简直就像一座摩天大楼。这是一棵 猴面包树，树枝宽大坚硬，

翠绿  如宝石

它粗糙的根紧紧地抓住了岩石。小水潭四周被覆满苔藓的平石和高大的蕨类植物环绕着。岛上还有许多果树,香蕉、芒果、木瓜诱惑地挂在树枝上,简直就是个**超级市场**呀!我摘下一些水果,拿回去分给我的伙伴们。本杰明接过我给他切好的一大片木瓜,快乐地尖叫起来,乐滋滋地品尝起木瓜的美味来。

"嗜喱带午餐回来啦!"从潭水里蹿出来的菲尖叫着。

杰——罗——

翠绿  如宝石

"嘻,谢谢,杰罗尼鼠!我们终于可以吃东西啦!"赖皮大叫。

"杰罗尼鼠?难道你现在还不清楚……我已经跟你说过一千遍,不,一万遍了……我的名字叫……"

为什么,为什么,为什么,**为什么**,唉,**为什么**总要我重复?

分工明确!

那天晚上,我们爬到巨大的**猴面包树**上休息,蜷缩在两根树枝交叉而成的空隙处。我们紧紧靠在一起,为彼此壮胆。但我整晚都没有睡着,因为我害怕睡着后掉下去。第二天一早,我们聚集起来商量办法,我们首先要决定的是在这岛上由谁来当头儿。

"让我们举手表决!"

赖皮选他自己,菲选我,而我和本杰明都选菲。我的妹妹清了清喉咙说:"**朋友们**,我要让你们知道,你们不会后悔这个选择。"说完,她感动地偷偷擦去眼角的一滴泪珠。

"**马上,列队**!"她接下来大叫,"我现在就

分工明确！

给你们分配任务。中午你们要向我报告……而且你们必须准时！我说中午就是中午！早一分钟晚一分钟都不行！听清楚了吗？听清楚了吗？听清楚了吗？"

"看啊，她已经冲昏头脑啦！我就知道我选自己是没错的！"赖皮胡子下面的嘴小声嘀咕着。

菲在沙滩上走来走去。

"我们应该在猴面包树上建一间小屋。这需要两天，不，三天才能建好……然后我们出发寻找绿宝石眼！"菲说。

"呜——啦——啦！去找宝藏了！"赖皮大叫，再一次精神抖擞。

这时候，菲在一块香蕉叶上列出了一大串我们要做的事情。

分工明确！

"杰罗尼摩,你负责粮食供给。你去摘些水果、浆果,挖些植物的根,还可以找些螃蟹和其他海产品。赖皮,我任命你来当大厨。"

"**真是个好主意,头儿**！我会为你们准备一流的菜肴！保证让你们垂涎三尺！"我的表弟欢呼说。

"本杰明,你来帮我在 猴面包树 上搭小屋。好了,分工明确,马上行动！"

我的日记

亲爱的日记：

我在这张香蕉叶上书写，是因为没有纸了。我们用了三天时间在猴面包树上建小屋。这是多么伟大的一项工程啊！菲就像一个部队的首长，随着她发布命令，我们很快投入到这项工程中来。但我认为她作为领导，在工作当中有点太投入了——当然这只是在我们之间聊聊。

让我想想，还有什么？我们还在小屋里盖了一间浴室。当然菲和赖皮怂

我的 日记

实际上,就在我写日记是为谁先用浴室而吵架。
这会儿,还能听见他们的尖叫声……一句话,真是场灾难!一切都变了,可就是他俩永远不会改变……
再见,亲爱的日记,我还得赶去打扫厨房呢。今晚轮到我洗碗。

附:我现在意识到冒险生活真的不适合我。我什么时候才能回家呢?

绿宝石眼

那天晚上,菲很晚才睡。至于为什么熬夜,我很了解她,有成千上万种可能。

一大早,当我们在猴面包树下面吃早餐时,菲来到我们面前,她挥舞着地图说:

好哇!我成功了!

赖皮跳了起来:"为什么你们**女生**总爱大喊大叫的,嗯?发生了什么事?讲给我们听听!"

菲跳上桌子宣布:"我已经发现……"她故意停住,制造戏剧效果。

"什么?什么?到底是什么呀?"赖皮抓住

什么? *什么?* *为什么——?*

绿宝石眼

她的尾巴大喊。

菲眨了眨眼睛,看起来非常得意。

"首先,我用天体仪测出了我们的位置。然后,又用三角板估算了一下……接着运用对数求得结果……"

"天体仪?三角板?计算?"赖皮嗤之以鼻地说,"你介意说鼠类语言吗?我最讨厌你自以为**聪明**、**博学**的样子!"

我的妹妹指着地图说:"我们只要向北走,一直到海盗胡子湾,然后翻过**臭屁山**,下山后向南行,往猫跳山走,我们会在那里找到毛痒痒河,沿河边走,一直走到无良海盗山,绕过山后,我们就可以轻而易举地找到绿宝石眼啦!"

一提到绿宝石这个词,赖皮马上改变了说

绿宝石眼

话的腔调。

"呜——啦——啦，表妹……嗯……让我第一个祝贺你吧……嗯……有没有老鼠告诉过你，你非常**聪明**？寻宝的事，你有何高见呢？宝石会在哪里呢？"

菲愤愤地说："你这是怎么了？难道你的眼睛被**奶酪**片蒙住了吗？看地图，这儿，看这个大得像一整块奶酪的 **X**！"

赖皮并不在意菲的讽刺，反而奉承她说："我最最亲爱的表妹，我建议我们明天早上出发，嗯，甚至今天晚上都行。**事实上，我现在就准备好出发啦！**"

绿宝  石眼

"等一等,等一分钟,听我仔细解释一下!"我打断他们说,"我们先要制定好路线,计算时间和安排分段行程。"

赖皮越来越**疯狂**了:"什么时间……什么分段?菲这个聪明的老鼠已经把一切都计划好了。我们要出发啦,就这样吧!"

可恶!这两个家伙把我撇在了一边,热烈地交谈着,讨论行程的细节。而本杰明却充满幻想地说:"宝物,呀,宝物……"

一块骷髅

本来计划在早上六点启程,可是我的表弟四点就起来了。"各位老鼠,我们要出发啦!"他对着用香蕉叶卷成的扩音器大喊。

菲抓起一个椰子向赖皮的头扔过去,"你知道现在几点吗?等我抓到你,要把你揍得鼠无完毛。"我的妹妹边尖声喊着,边在猴面包树上来回追赶他。

赖皮兴奋地大喊:"我们要出发啦,我们要出——发——啦!我准备好了!我超级准备好——不——我超超级——超级——准备好啦!"他不断重复着,"再不快点,我可就自己走了!"他通过扩音器大喊。

一块  骷髅

菲愤怒地扯着鼠须。

"都是你非要把他带来！"她向我抱怨起来。我想说，实际上是你的主意。可是看见她杀气腾腾的眼神就不敢说了。

再不赶快就不带你去

我们排成一行出发了。我们走了一天，到了晚上，来到了臭屁山。

菲指了指地图，说："我们已到达了地图上第一块骷髅的位置。"

地图上有一处说明：

> 来到小山，
>
> 长满地衣。
>
> 千万别急，
>
> 尽量别动。

我不明白，看了看周围："这就是**地图**上所指的小山。确实是长满了地衣！"我往前走了几步，把他们落在后面。

"可是这里并没有什么特别的呀。只有一大片沙子！很多的沙……沙……"我还没有说完，就开始往下沉。"快来看！"我吱吱地笑着说，"哈哈哈！看，沙子没到我的脚踝……不，到我的膝盖啦！"哈！哈！哈！

菲看着我，一点儿也没笑。

"杰罗尼摩！我要告诉你一个坏消息！"

"啊,好呀,什么坏消息?"我漫不经心地问。

"杰罗尼摩,我想这是**流沙**!"

"啊?!我以一千块葛更佐拉奶酪皮发誓!流沙?"我尖叫。

"**救——命——**"我大叫,这时沙子已经到了我的肚子。

"千万别乱动!"菲喊着向我伸出手爪。

但我仍旧不断挣扎着……怎么办?

"**救——命——**"我大叫,沙子已经进到我的耳朵里了。

这时,赖皮把自己捆在树上,丢给我一条藤蔓:"快,紧紧抓住它,表哥,如果你想保住你的皮毛的话!"

两块骷髅

赖皮又一次救了我的命。

"唉,我以大野猫尖利如匕首的手爪发誓……为什么我要来这寻什么破宝藏呢?等我回到妙鼠城,恐怕我的毛都已经吓成白色了!"我嘟哝道。

"等我们有命回去再抱怨吧。"赖皮不吉利地强调,接着用凄惨的语调说,"我们不用多久便会到两块骷髅的地点啦……"

第二天,我们依旧排成一行,沿着毛痒痒河的河岸走了一整天,通过猫跳山后,我们看见了无良海盗山。

"我们已经来到了两块骷髅的地点。"菲宣

两块 骷髅

布说。

我不自觉地发起抖来。这次我们会遇到什么？更多的流沙？爆裂的砾石？我四处张望，发现我们站在一块空旷的平地上，这里只有一棵非常高的大树，树杈上全是巨大的黄色果实，样子有点像凤梨。

菲开始大声朗读地图上对两块骷髅的说明：

>小心提防蜂蜜树，
>果实歌唱欢迎鼠，
>只可耳听不能碰，
>否则会被针扎痛！

赖皮向前迈步："果实真能扎人吗？让我摘一个，老鼠们！我用石头打一个下来看看，我们自然就会明白啦！"

两块骷髅

"**不要**!不要逗英雄!"我尖声叫喊。

"别担心,**嗜喱哥哥**!它们怎么会刺人呢?你别碰它们就是了。看看!**嘻!嘻!嘻!**"

说完,他捡起一块石头,对准离我们最近的一个果实,用力扔过去。

"别叫我**嗜喱哥**……"我正要往下说,但我马上停住了。

"**救——命**!一个蜂窝!"

"黄色果实"正在渗出浓浓的金黄色蜂蜜。蜜蜂像听到号令似的,一群又一群地从挂在树枝上的蜂窝里嗡嗡地飞出来。

两块骷髅

"快点！去河边！" 我的妹妹菲狂喊。

我们头朝下跳入河水里，水流带着我们漂向下游。当我们从河水里再探出头来时，不禁大松了一口气：蜂群已经没有踪影了。

菲展开地图，指出位置："让我想想，这里是鼠须草原，我们的左边就是无良海盗山，前面就是珍珠山。我们现在必须穿过这两座山，才能到达宝藏埋藏的地方！在它们中间就能找到三块骷髅的位置！"

三块骷髅

在我们面前，两座**陡峭**的石壁面对面挨得很近，只留出一条石头铺成的窄路。每块石头上都刻着一个英文字母。

菲大声朗读地图上的说明：

陷阱就在眼前，
应当步步为营。
若能解开谜底，
方可选对石头。
发酵好了真美味，
满身洞洞好营养。
白的黄的，浓的淡的，
不要独食，大家分享！

嘻!
嘻!
嘻!

我一遍又一遍研究谜语。我表弟在一边不耐烦了:

"好了,啫喱,到底是什么意思?你是家族里最聪明的老鼠,好好动动你的脑、脑汁……不,脑筋……"

我叹气说:"帮帮忙,别叫我啫喱,我名叫杰罗尼摩!"

我一动不动地盯着谜语:有洞,白的黄的,美味?发酵好了……发酵好了?

"是奶酪!"我兴奋地尖叫,"你必须用石头拼出奶酪的英文单词'CHEESE'……"我还没说完,赖皮已经朝第一块石头跳去。

"太容易了!真简单……我早就想到了。现在……我要跳吗?我要跳了!"

我们屏住呼吸,看到赖皮依次跳在刻有英

赖皮跳上了石头。

文字母 C、H、E 的石头上，接着跳上字母 S 的石头。

"当心——"我们齐声喊。

他拼字一向很差，单词 CHEESE 中应该有两个字母 E！

刹那间，赖皮踩错的那块石头陷下去了，他也跟着掉下洞去。

我往洞里一看，洞非常深！一股肮脏恶臭的沼气扑面而来。等等，我察觉到洞底还有些东西：几根削得尖锐的木棒，还有一堆风化的骨头！

可怜的赖皮

"可怜的赖皮叔叔！"本杰明呜呜地哭着说。

"可怜的表哥！死无葬身之地，连正式墓地也没有！"菲抹掉一滴眼泪，低声说。

"他真是一个高尚的老鼠呀！叔叔，你记得他在海上救过你吗？"本杰明悲伤地喊着。我也被感动了。

"我怎么能忘记呢？赖皮不只一次救过我，是两次呀！第一次是在海上，第二次是在流沙地！"

可怜的　　赖皮

菲有些犹豫地说："不过老实说，他有时候很讨厌。"

本杰明接着说："说实话，可怜的赖皮叔叔在捉弄老鼠的时候，真令鼠生气。"

"他有时实在令老鼠难以忍受！"我总结说。

这时洞里传来赖皮的声音："讨厌？令鼠生气？难以忍受？"

我们探着身子往洞里看，发现幸好深洞的内壁长着一株多刺的植物，赖皮的裤子被刺勾住了。他悬在半空，没有掉进洞底。

"赖皮，坚持住！我们**马上就来救你**！"

我们立即拿绳子把他救上来。

赖皮的脸色有点苍白，但是精神还像往常一样好。

"我听见你们说我，讨厌、令鼠生气，还

可怜的 赖皮

有难以忍受……可是你们也说了些赞美我的话!!特别是你,啫喱老兄。啫喱老兄,我真想给你一个热情的拥抱!嘻,嘻,嘻!"他嗡嗡说着,故作诙谐。

"噢,请你不要叫我啫喱。我名叫杰罗尼摩,杰罗尼摩·斯蒂顿!"

啫喱老兄,
我真想给你一个
热情的拥抱!

意外的收获

我们又开始向 X 地点进发。

"表哥,你对历史文化最有研究,你有什么意见?除了绿宝石眼,我们还能发现什么别的东西吗?比如,金币啦,银币啦,或者其他宝物?"赖皮兴奋地吱吱说。

"我们可能能找到些古时候的钱币,比如西班牙金币,上面铸有'铁钩猫王子'的肖像,他是有名的老鼠捕手。"我回答说。

"金币,金币,金币!啊,我喜欢这个词的声音!"赖皮又在做白日梦了。

这时,菲在查看地图。

意外的收获

"就是这里!我们已经到达目的地啦!绿宝石眼就在这里!"

赖皮兴奋极了,抢着走在我们的前面。

"绿宝石……什么绿宝石?我只看见水!水……"他失望地大叫。我们打算动手挖宝藏的地方竟然是一个大湖。

"天体仪?三角板?计算?"赖皮激动地喘着气质问。

"但这里确实是地图上的 X 地点呀!"菲不断地重复说,她也无法相信眼前所见到的一切。

"如果这里的地点正确,那我们是不是上错岛了?这都是你的错!哼哼……"他追赶着菲,边跑边叫。

"要是让我抓到你就……"

意外的收获

我叹了口气,两只手爪捂着脑袋。本杰明坐在我旁边,也非常失望。这时,我好像听见树叶颤动的沙沙声,是从不远处的树丛中传来的。

"嘘——大家安静!"我小声说,"那里面有东西在动!"

我们马上屏住呼吸仔细聆听。

"有东西……或者有老鼠!"赖皮有种不祥的预感,他轻声说。然后他竖起手指向我们逐一指过来,"谁去探查一下呢?本杰明太小了,菲是女的,不算数,而我当然不行,总要有老鼠照顾他们两个,对不对?所以只有你去啦,杰罗尼摩,你去吧!"说完,他就把我推向发出声音声音声音的树丛。

菲感到受了侮辱,拔出小刀往前冲,狂野地尖叫:"看我的!"

意外的收获

她冲向声音发出的地方,把树叶拨到一边,大声喊:"有胆量就快给我出来!"

经过了一阵让老鼠们难以忍受的沉寂之后,突然……

"你们住在度假村,对吗?"我们面前站出来一群老鼠,他们身穿游泳衣,带着照相机和摄像机。

"度假村?什么度假村?"我们异口同声地问。

"奇怪,难道你们不是跟随鼠乐游旅行团来的吗?"

咔嚓！咔嚓！

我惊讶极了，这一切是不是一个梦，一个个噩梦？我使劲掐了一下自己。唉，不是！我们面面相觑，说不出话来。第一个恢复神智的是赖皮，他用嘶哑的声音问："鼠乐游？你是说鼠乐游旅行团吗？你的意思是，这儿不是荒岛？"

那个老鼠奇怪地盯着我们。

"荒岛？你应该可以看见成堆的老鼠在海滩上。现在可是小岛的旅游旺季！"

赖皮转身对菲说："你不但把我们带到一个没有宝藏的岛上，竟然还要选在旅游旺季来！"

这时，游客们吃惊地打量着我们乱蓬蓬的皮毛、破烂不堪的衣服、菲皮带上的长刀和本杰明手爪中的地图……我不知道他们会把我们当成什么！

一个面带羞怯的老鼠走到菲跟前，问道："嗯，小姐，你们是来参加'鼠胆神威'课程的吗？"

菲睁大眼睛瞪了他一眼，但马上恢复了她的机灵，大声炫耀地说："'鼠胆神威'课程？为什么？你认为我看起来像有这样的需要吗？看看我这把刀，我可以用它把老鼠的尾巴砍成两半，就像这样！咔嚓！咔嚓！"

咔嚓！ 咔嚓！

她干脆利落地把一枝竹子劈成了两半。那个老鼠看得直发抖，但对菲更加着迷了："嗯……我可以陪你去度假村吗？你今晚可以赏光和我共进晚餐吗？我知道海滩有一家情调浪漫的小餐馆！"

"再看吧，亲爱的，再看情况吧。"菲尖叫道，有些飘飘然。

我摇了摇头。本杰明和我打算去度假村看看，而赖皮似乎一时反应不过来。"我的宝藏呢，宝藏呢！"他神色茫然地不断重复着。

回家啦

鼠乐游旅行团的经理听完了我们不可思议的冒险故事(连我们自己也不能相信),帮我们预订了回妙鼠城第一班机的四张头等舱机票。唉,事实上只是三张,因为菲决定在这儿多逗留几天。

"他真是个**可爱**的家伙!"菲情不自禁地谈到她的新伙伴,"我从没有遇见过像他这样**有魅力**的老鼠!他爱慕我,而且他如此浪漫!杰罗尼摩,为什么你不多待几天呢?"

"**绝对不!我要回家!我要回家!**"我不断重复说。

返程的时间终于到了。"请立即登机!"机

回家啦

场的扬声器发出刺耳的声音。我们很快上了飞机。

"各位老鼠乘客请注意,请系好座椅上的安全带!"

一位全身**金毛皮**、**仪态优雅**的空中小姐穿过通道,为头等舱的乘客送来调好味道的**奶酪**。

"好棒的假期!先生,您玩得愉快吗?"坐在我旁边的老鼠向我问道。

"真是一段奇妙的旅程,而且还是免费的!"我咬着嘴唇,喃喃地说。

赖皮早已振奋精神,忙着和美丽的空中小姐谈笑风生。他竟然夸耀自己是个专业水手,说他刚刚结束了一次漫长而刺激的旅行,在旅途上遇到……

回家啦

我没有仔细听他的故事,因为我被窗外的风景吸引了。这是我第一次从上空俯视小岛。岛上有那么多的植物,而且海岸边的海水清澈透明!

在岛的正中央,那绿色的湖泊真像一颗绿宝石!还有,这个湖正好就在地图的 X 位置上。

从空中看它多么奇特呀,它的形状真像一只眼睛,一只绿宝石的眼睛……眼睛?绿宝石?

"天——哪——"我兴奋地尖叫,把靠在我肩头睡觉的本杰明吵醒了。

回家啦

"快看，快看！"我叫道，飞机上的乘客都转身看我们。

"这就是绿宝石眼！这就是地图上的宝藏呀！"

我的表弟把脸紧贴在玻璃窗上，叹着气说："表哥，宝藏对我来说是可以卖钱，可以花的！而那个宝藏……我最多只能在里面洗洗袜子罢了！"

我叹了口气，回到座位上。

随着飞机攀升，岛中间闪闪发亮的绿色湖泊离我们越来越远。本杰明握住我的手爪，亲了亲我的脸说："叔叔，绿宝石眼确实是珍贵的宝藏呀，这是

回家啦

我见过的最美的宝藏!我们带不走,也没有老鼠可以把它带走!"

好 主 意

回家真好！

干净芳香的被单，每天早上的热水澡，还有我那超大冰箱，里面塞满了老鼠可以买到的最上等的奶酪……

今天我遇见了赖皮。他建议说："你很有写作天分，为什么不把这次寻宝的冒险故事写出来呢？"

"你开玩笑吧？我是一个很忙的老鼠！我经营一家出版公司！这是绝对、压根儿、百分之百不可能的事情，算了吧！"尽管这样，那天晚上我翻阅了一下自己的旅行日记。经历了那么多，当中有笑有泪，真不愧是一次大冒险！也许赖皮提了个好**主意**……

我那超大冰箱里面,塞满了最上等的奶酪。

真正的宝藏

自从旅行回来,六个月过去了。我采纳了赖皮的建议,把这次探险经历写了出来,编成一本书,并把它出版了,更重要的是**书卖得非常好**!你永远也猜不到发生了什么。它竟然登上了妙鼠城**畅销书排行榜**的第一位。

真正的宝藏

"这就是我要的真正宝物!"我的表弟挥舞着版税支票,高兴地说。

为了庆祝成功,我邀请了卡菲莉(一位非常非——常——有魅力的朋友)去高级网球俱乐部打网球。

"我对你每本书都爱不释手,我从来不知道你有那么勇敢!那么有才气!"卡菲莉对着我的耳朵小声小声小声说。

这次冒险真是不虚此行啊!

你好，啫喱

铃铃，铃铃，铃铃！

一大早，我接到菲的电话。"啫喱，准备听一个**不可思议**的消息吧！猜猜我今天发现了什么？"

"我怎么可能知道？"

"另一张地图，你明不明白？"

"不明白。你要说什么？什么地图？"

"完全和上次一样！你还记得**鼠屋餐厅**吗？现在我不方便说太多。"她神秘兮兮地强调着。

"什么？**鼠屋餐厅**？你的意思……啊，不行！这次绝对不行！做梦也不行！你现在不是

你好，啫喱

有男朋友吗？为什么不叫他陪你去？"

"谁？那个大耳朵吗？我早把他当做发霉的奶酪甩啦。亲爱的！我们还是谈正经事吧。你不会让我独个儿去的,是吗？毕竟你是我大哥……你的责任感在哪里呢？这会是一个非常危险的旅程！喂,啫喱,你在听吗？啫喱,啫喱,啫——喱——"菲尖叫着。

不要叫我啫喱,我想说,我叫杰罗尼摩,杰罗尼摩·斯蒂顿!

但我已经没有力气说话了。

我把话筒扔在书桌上。

我已经预见了接下来要发生的事情……

妙鼠城

- 1 工业区
- 2 奶酪工厂
- 3 机场
- 4 广播电视塔
- 5 奶酪市场
- 6 鱼市场
- 7 市政厅
- 8 古堡
- 9 妙鼠岬
- 10 中央火车站
- 11 商业中心
- 12 影院
- 13 健身中心
- 14 音乐厅
- 15 唱歌石广场
- 16 剧场
- 17 大酒店
- 18 医院
- 19 植物园
- 20 跛脚跳蚤杂货店（赖皮的商店）
- 21 停车场
- 22 现代艺术博物馆
- 23 大学和图书馆
- 24 《老鼠日报》大楼
- 25 《鼠民公报》大楼
- 26 赖皮的家
- 27 时装区
- 28 餐馆
- 29 环境保护中心
- 30 海事处
- 31 圆形竞技场
- 32 高尔夫球场
- 33 游泳池
- 34 网球场
- 35 游乐场
- 36 杰罗尼摩的家
- 37 古玩市场
- 38 书店
- 39 船坞
- 40 菲的家
- 41 避风港
- 42 灯塔
- 43 自由鼠像
- 44 史奎克·爱管闲事鼠的办公室
- 45 生物农场
- 46 马克斯爷爷的家

老鼠岛

老鼠岛

1 大冰湖
2 毛结冰山
3 滑溜溜冰山
4 鼠皮疙瘩山
5 鼠基斯坦
6 鼠坦尼亚
7 吸血鬼山
8 铁板鼠火山
9 硫磺湖
10 猫止步关
11 醉酒峰
12 黑森林
13 吸血鬼谷
14 发冷山
15 黑影关
16 吝啬鼠城堡
17 自然保护公园
18 拉斯鼠维加斯海岸
19 化石森林
20 小鼠湖
21 中鼠湖
22 大鼠湖
23 切达干酪崖
24 肯尼猫城堡
25 巨杉山谷
26 梵提娜奶酪泉
27 硫磺沼泽
28 间歇泉
29 田鼠谷
30 疯鼠谷
31 蚊子沼泽
32 蒙斯特高地
33 鼠哈拉沙漠
34 喘气骆驼绿洲
35 笨蛋山
36 热带丛林
37 蚊子谷
38 克罗斯托罗港
39 老鼠港
40 臭气熏天港
41 烦鼠港
42 陶福特大学
43 妙鼠城
44 海盗帆船

《鼠民公报》大楼

1 正门
2 印刷部（印刷图书和报纸的地方）
3 财务部
4 编辑部（编辑、美术设计和绘图人员工作的地方）
5 杰罗尼摩·斯蒂顿的办公室
6 杰罗尼摩·斯蒂顿的藏书室

老鼠记者 全球版
Geronimo Stilton

- 1 鼠胆神威
- 2 奥运金牌鼠
- 3 纽约奇遇
- 4 地铁幽灵
- 5 杰罗尼摩的欢乐假期
- 6 探险鼠独闯巴西
- 7 玩转疯鼠马拉松
- 8 蓝色迷城
- 9 小丑鼠的阴谋
- 10 雪地狂野之旅
- 11 金字塔的魔咒
- 12 沙漠壮鼠训练营
- 13 巧取空手道
- 14 绿宝石眼之谜
- 15 圣诞大变身
- 16 怪味火山的秘密
- 17 尼亚加拉瀑布之旅
- 18 天生派对狂
- 19 夺面双鼠
- 20 斯蒂顿奶酪迷案
- 21 我为鼠狂
- 22 真要命的旅行
- 23 特工鼠OOK
- 24 音乐海盗大追踪
- 25 非凡圣诞节
- 26 匪鼠猫怪
- 27 预言鼠的手稿
- 28 黑山寻宝
- 29 海盗猫暗偷鼠神像
- 30 吝啬鼠城堡

亲爱的鼠迷朋友，
下次再见！

杰罗尼摩·斯蒂顿